AF561961

UNE MOSAÏQUE

—

6e SÉRIE IN-12

Pendant plusieurs semaines je pus voir que tous deux ne semblaient vivre que pour porter aux jeunes oisillons des vers et des chenilles.
(P. 31.)

UNE

MOSAÏQUE

CINQ HISTORIETTES

PAR

EUGÈNE MULLER

TOURS

ALFRED MAME ET FILS, ÉDITEURS

1885

L'OISEAU MERVEILLEUX

Certain jour, dans certain pays, se montra certain oiseau, au plumage si beau, au chant si doux que jamais rien de pareil n'avait été vu ni entendu; non, car le plumage de cet oiseau semblait fait d'or, d'argent, de fleurs, de pierreries; et cet oiseau, d'une ravissante voix, chantait la chanson que voici :

« Je suis l'oiseau merveilleux. Je viens du pays des rêves magnifiques, d'un pays du ciel, d'un pays où jamais l'on ne pleure, où jamais l'on n'est tourmenté par les maladies, ni menacé de la mort; d'un pays où il n'y a que félicité; d'un pays où l'on est sans inquiétude du lendemain.

« L'homme qui pourrait me prendre posséderait le plus grand des trésors : il serait sur la terre comme étant au ciel, d'une santé toujours belle, exempte des moindres ennuis; les plaisirs le chercheraient, l'or pleuvrait dans ses mains, la joie habiterait son cœur; il n'aurait rien à envier aux anges du paradis, ni à Dieu lui-même.

« Oui, l'homme qui pourrait me prendre posséderait le plus grand trésor.

« Je suis l'oiseau merveilleux. Je viens du pays des rêves magnifiques... »

Telle était la chanson que l'oiseau s'en allait répétant par le pays.

Chacun se disait : « Oh! je voudrais bien prendre cet oiseau!... » Et chacun se mit à tâcher de le prendre.

Ce fut une véritable chasse à cet oiseau, qui semblait facile à saisir, et dont cependant aucun ne pouvait s'emparer.

L'oiseau se faisait comme un jeu de la chasse dont il était le sujet; tout en répétant sa chanson, il se promenait, pour ainsi dire, entre ses pourchasseurs; à l'un il échappait d'un coup d'aile; à l'autre il glissait dans la main comme une anguille; il passait entre les jambes de celui-ci, sautait par-dessus la tête de celui-là...

Et tous le suivaient, allant, venant, courant, se poussant, se bousculant. Ils se disputaient.

« Tu me l'as fait manquer!

— Tu m'as heurté, et j'ai ouvert la main quand je le tenais.

— Tu l'as effrayé au moment où il allait passer à ma portée.

— Ne me touche pas!

— Écarte-toi!

— Cet endroit est-il à toi?

— En es-tu maître, toi, pour vouloir m'en chasser?

— Reviens-y!

— Oui, j'y reviendrai, s'il me fait plaisir.

— Nous verrons bien!

— C'est tout vu; m'y voilà!

— Alors attrape!

— Tu m'as frappé; attends! tiens!... »

Et ils se battaient, se prenaient aux cheveux, se traînaient dans la boue; le sang coulait; ils écumaient de colère, ils criaient, ils se vomissaient des insultes.

Et pendant ce temps l'oiseau redisait d'une voix toujours aussi douce, aussi ravissante :

« Je suis l'oiseau merveilleux. Je viens du pays des rêves magnifiques. L'homme qui me prendrait posséderait le plus grand trésor. »

Et ils recommençaient à poursuivre l'oiseau; mais toujours l'oiseau leur échappait.

Ils s'agitèrent ainsi longtemps, emmenés à travers champs, bien loin, par l'oiseau...

Enfin, fatigués, essoufflés, ils revinrent au pays. En route encore, ils se disputèrent, s'accablèrent de reproches, chacun rejetant sur l'autre sa non-réussite en la capture de l'oiseau.

Or, comme ils passaient, malheureux et dépités, devant une des maisons du pays, ils aperçurent, assis sur le seuil, un pauvre homme qui, le regard tranquille, le front calme, caressait de sa main droite un passereau familier perché sur sa main gauche. Le passereau pépiait, battait légèrement des ailes, et avançait son petit bec pour baiser les lèvres de son maître.

« Eh bien! leur dit l'homme, vous n'avez pas pris l'oiseau merveilleux?

— Non! répondirent-ils.

— Cela ne m'étonne pas, leur dit encore l'homme, puisque c'est moi qui l'ai pris.

— Toi? firent-ils en le regardant étonnés.

— Oui, moi.

— Montre-nous-le donc?

— Eh bien! dit l'homme, ne le voyez-vous pas, là, sur ma main?

— Là! firent les hommes. Ça! l'oiseau merveilleux! Tu es fou, ou tu veux te moquer de nous : c'est un passereau des toits que tu as pris jeune au nid, et que tu as apprivoisé.

— Je vous dis, moi, reprit l'homme, que c'est l'oiseau merveilleux. Voyez comme son plumage est beau : ne le dirait-on pas fait d'or, d'argent, de fleurs et de pierreries ? »

En ce moment le passereau pépia ; l'homme ajouta : « N'entendez-vous pas sa voix ravissante ? Écoutez sa chanson ; écoutez : « Je suis « l'oiseau merveilleux. Je viens du pays des « rêves magnifiques. L'homme qui m'a su « prendre possède le plus grand trésor... » N'est-ce pas là ce qu'il chante ? »

Les hommes, tous ensemble, firent de gros éclats de rire, et poursuivirent leur chemin en disant : « Celui-là est fou, qui croit tenir l'oiseau merveilleux. »

Et ils rentrèrent chez eux tristes, harassés, meurtris de coups.

Or comme, de retour au logis, ils parlèrent à un vieillard de la chasse vaine qu'ils avaient donnée à l'oiseau merveilleux, et de la folie de l'homme qui croyait posséder cet oiseau tandis qu'il n'avait qu'un chétif passereau, le vieillard leur dit :

« L'oiseau que vous avez poursuivi avec

tant de peine, nul homme ne peut le prendre et le garder sur la terre, car il est du ciel. Cet oiseau s'appelle *le bonheur*. Vous avez été insensés de le pourchasser, pensant le saisir. L'homme sage, c'est celui dont vous vous êtes moqués : n'ayant qu'un passereau, il s'est persuadé qu'il possède l'oiseau merveilleux; et, par cette croyance, il jouit du grand trésor promis. Faites donc comme lui. N'allez pas, en vous jalousant, en vous déchirant les uns les autres, pourchasser au loin l'oiseau merveilleux; caressez le passereau familier, trouvez magnifique son plumage, charmante sa chanson simple; et cela vous vaudra d'avoir pris l'oiseau merveilleux, l'oiseau du ciel. »

Ainsi parla le vieillard. Mais les hommes dirent de lui ce qu'ils avaient dit de l'homme au passereau : « Il est fou. » Car il leur conseillait d'éblouir eux-mêmes leurs yeux, de tromper eux-mêmes leurs oreilles; et ils auraient eu honte de faire ces choses, qui cependant étaient sages.

Et, leur dépit d'avoir manqué l'oiseau merveilleux ne faisant que s'accroître, ils restèrent profondément tourmentés; tandis que l'homme au passereau, calme sous son pauvre toit, continua de caresser l'oiseau familier qu'il voyait beau par-dessus tout, dont la voix le charmait, et dont la possession lui procurait le grand trésor promis par le véritable oiseau merveilleux.

DE QUOI

LE BONHEUR EST FAIT

Un jour, Pierre Aubry, le vieux vigneron, mon voisin, me parla ainsi :

« J'ai entendu souvent dire qu'il n'y a pas d'heureux dans ce monde, ou bien encore j'ai entendu demander, par des gens riches comme par des gens pauvres, par des vieux comme par des jeunes : « Qui est-ce qui peut « se vanter d'avoir le bonheur ? »

« Et vous avez dû l'entendre comme moi, car si vous vouliez prendre un à un tous les gens d'un pays pour leur dire à chacun : « Toi, que désires-tu? » je ne sais pas si vous en trouveriez beaucoup pour vous répondre : « Je désire rester comme je suis, avoir ce « que j'ai et garder ma condition, sans y rien « changer. »

« Comment cette chose se peut-elle faire? Faut-il croire que le bon Dieu, qui a mis les hommes dans le monde, ait tout bonnement voulu fabriquer, en nous fabriquant, une armée de malcontents et de malheureux?

« On y serait vraiment porté, en voyant ce qu'on voit, c'est-à-dire tant de gens qui devraient se trouver aises de leur sort, et qui en sont encore, comme on dit, à se ronger les esprits pour n'avoir pas ce qu'ils voudraient avoir.

« Mais, croyons-le bien, ce n'est pas le sort heureux qui manque aux hommes, mais les hommes qui manquent au sort heureux. La faute en est non pas au Créateur, qui a fait des quantités de biens de toute espèce pour nous les partager, mais à l'envie, à l'ambition, qui nous ferment les yeux et l'esprit sur ce que nous avons, pour ne nous les ouvrir que sur ce que nous n'avons pas.

« C'est ainsi que tout le mal est fait.

« Nous sommes pareils à des gens attablés les uns devant de la soupe, les autres devant de fines viandes, les autres devant des douceurs, et, repus de ce qui est sur notre table, nous passons le temps à dire : « Quand donc « mangerai-je d'une autre pitance? » Aucun ne songera à la bonne chance qui lui est échue d'avoir une table garnie n'importe comment, mais du moins de manière à lui ôter la faim : ce qui serait le bonheur pour beaucoup de gens, qui se lèvent le matin sans savoir si dans le jour il se trouvera, je ne dis pas une table dressée pour eux, mais tant seulement un morceau de pain pour qu'ils y mettent la dent.

« Ceux-là s'en vont en disant : « Ah! si j'avais « l'assurance de manger à ma faim tous les « jours, je ne demanderais rien de plus. »

« Cette assurance leur vient-elle, les voilà aussitôt oubliant le temps où ils étaient coutumièrement sans la moindre pitance, et aussitôt disant : « Ah! si j'avais seulement un « bon logis, de beaux habits! »

« Le bon logis, les beaux habits leur sont-ils donnés, bien vite ils réclament autre chose, et toujours, toujours ainsi. C'est la manie de chacun. Jamais personne ne regarde au-dessous de soi; toujours on a les yeux du côté plus haut que celui où l'on est. On ne sait ni se souvenir de ce qu'on a été, ni s'apercevoir de ce qu'on pourrait être, et l'on ne sait que trop envier la condition qu'on n'a pas.

« Oui, là est tout le malheur; car du haut en bas des conditions diverses, on ne voit que gens lorgnant leur voisin, on n'entend que gens répétant : « Ah! si j'étais comme « un tel, si j'avais ce qu'il a! » Un tel en dit autant d'un autre; de façon que, du haut en bas, il n'y a que gens enviant, désirant, se plaignant.

« Pourtant, comme il serait facile de montrer à la plupart des gens que ces désirs ne sont que luxe, ces envies que tracas inutiles, ces plaintes que bruits qu'ils devraient se dispenser de faire!

« Eh! tenez, je vous en veux donner le témoignage par une chose qui m'est arrivée ces jours derniers, et qui m'a bien fourni la mesure de ce que nous pouvons appeler bonheur ou malheur.

« Et d'abord, je dois vous le dire, pour ma part, je ne suis aucunement de ceux à qui leur condition paraît mauvaise ou insuffisante, ayant toujours su estimer à leur prix les choses que le bon Dieu a bien voulu me permettre d'avoir, et n'ayant jamais pris la peine d'élever mes désirs chagrins vers celles que je n'avais pas, et dont je me suis toujours passé sans la moindre peine.

« En deux mots, ma sagesse, dont je ne tire pas vanité, mais profit, est, au contraire de celle de bien des gens, de faire cas de ce que j'ai et mépris de ce que je n'ai pas.

« Donc, l'autre jour j'entrai en visite chez un de mes garçons qui a pour dernière enfant une fillette de huit ans, qui est, comme vous pensez bien, ma chérubine, ma tout aimée: d'abord, parce qu'elle est ma petite-fille; ensuite, parce qu'elle est aimante, jolie, mignonne; et surtout par la première raison, qui serait bien suffisante pour valoir toutes les autres, à savoir qu'elle est l'enfant de mon enfant ; car il n'y a rien de plus fort que cette idée-là.

« J'entrai. Je vis ma bru tout effarée.

« — Qu'est-ce donc ? fis-je.

« — Ah ! c'est Pierrette, — à ce nom vous devinez bien que l'enfant est, de plus, ma filleule, — c'est Pierrette qui a mal.

« — Quel mal, mon Dieu !

« — Est-ce qu'on sait ; elle ne peut pas dire, ça l'a prise un peu après être revenue du verger, où elle avait mené son agneau brouter un moment. »

« Et moi de courir au lit du père et de la mère, où l'on avait couché la petite.

« Je la vois là, étendue, blême, dolente, n'ouvrant les yeux qu'à grand'peine; elle, qui a coutume de me faire tant de fête quand j'arrive, de sauter au-devant de moi, de m'ouvrir ses petits bras, d'y prendre mon cou et de m'embrasser, et de me dire de ces gentils propos qui sont pour moi comme une musique du ciel. Rien, rien, rien !... Elle ferme l'œil, elle ne me voit pas ; je l'embrasse, elle ne me rend pas mon baiser ; je lui parle, elle ne peut pas me répondre. On dirait qu'elle n'ait rien que le dernier souffle à rendre ; car elle pousse des soupirs qui semblent lui déchirer la gorge : si elle soulève un peu la tête, c'est pour la laisser aussitôt retomber lourdement, avec un abandon de corps mort.

« La mère arrive avec une tisane : « — Tiens, bois. »

« Elle refuse en branlant la tête.

« — Il faut boire, ça te fera du bien.

« — Peux pas ! » répond-elle.

« Et, en effet, impossible de lui faire avaler la moindre gorgée. Quand la boisson touche ses lèvres, elle repousse de la main la cuiller, elle se débat, comme si on la brûlait... tant et si bien qu'il faut la laisser dans l'espèce de sommeil pesant où elle est perdue, accablée... Il n'y a qu'à la regarder, blanche comme un linge, étendue sur ce lit où elle ne bouge pas plus qu'une défunte.

« En tous cas donc, la première idée qui vient alors est de courir au médecin ; et vous pensez si je pus laisser à aucun autre le soin de faire le trajet de notre village au bourg, où l'on trouve l'homme de science. Vous me voyez retrouvant à ce propos mes fines et lestes jambes de quinze ans; je vous assure bien qu'étant poussé par l'inquiétude je ne craignais personne pour la marche.

« Or me voilà parti, me voilà suivant la route assez longue, et, tout en hâtant le pas, Dieu sait si ma cervelle faisait du chemin à droite et à gauche, Dieu sait les pensées qui s'y pressaient en nombre !

« Et d'abord, pour sortir du pays, je rencontre d'ici et de là des pièces de terre qui sont à moi, et je me dis, alarmé que je suis sur la vie de ma fillette chérie : « Oh ! que je « les donnerais de bon cœur à quelqu'un qui « me dirait : Va chez toi, ta petite Pierrette « n'a plus de mal. »

« Un peu après, je me tâte, moi vieux, moi bon à faire un mort, comme on dit, et je pense : Est-ce assez affligeant de songer que cette pauvrette, toute jeune, toute pleine de jeunesse et qui pourrait avoir tant de jours devant elle, soit maintenant peut-être aux portes du cimetière. Et de grand cœur, parlant au bon Dieu : Prenez mon sang, mon Dieu, prenez ma vieille vie, emmenez-moi, mais laissez ma chère enfant dans ce monde, dont elle est la douce fleur, dont elle est la gaieté...

« Plus loin, je vois une pauvresse, qui va mendiant, traînant avec elle une petite fille de l'âge de ma Pierrette, mais fraîche, gaillarde, éveillée, et je soupire : Est-elle heureuse cette mendiante d'avoir sa fillette si bien portante !

« Que ne suis-je, moi aussi, réduit à quémander mon pain de porte en porte, mais à la condition de voir ma bien-aimée en gaieté, en santé !... Ah ! que si cette femme, si heureuse, pouvait me vendre un peu de la santé de son enfant pour la mienne, comme je payerais sans compter, même de mon dernier sou !...

« Tantôt, pensais-je encore, quand je suis entré chez mon fils pour le voir, je sentais qu'au sortir de ma visite je serais tout aise de trouver à la maison, en arrivant, le repas servi, et de m'attabler pour manger et boire de grand cœur ; l'appétit me poussait, l'idée d'une bonne soupe, d'un bon verre de vin et de quelque autre pitance me mettait à proprement parler l'eau à la bouche ; maintenant rien de ça ne me dit, ni ne me dirait. On servirait là devant moi tous les poulets ou gibiers de la terre que je n'approcherais pas de la table... On déboucherait les plus vieilles bouteilles que je n'y prendrais point garde, moi qui ai cependant coutume d'être assez accueillant pour les fins jus de sarment.

« Et que sais-je encore tout ce que je pensais, tout ce que je me disais...

« Tant fis-je des pieds, que j'arrivai au bourg, où par hasard je trouvai le médecin qui, avec sa voiture attelée, allait partir pour une tournée; il me fait monter à côté de lui, et nous reprenons lestement le chemin du village.

« Lestement, dis-je, car le cheval de notre médecin a bon pied; et pourtant je me surprenais trouvant que la bête était lente, qu'elle allait d'un train dont les minutes me semblaient des heures, car une minute perdue pouvait faire que nous arrivassions trop tard.

« Il faisait le plus beau temps de l'année, le soleil brillait clair sur les champs tout d'or et de verdure, les grillons dans les blés faisaient *zi zi zi*, de cette voix qui est si gaie; les alouettes jetaient dans la grande route du ciel leur longue chanson, qui met comme des rayons de musique dans les rayons du soleil... En tout autre instant, j'aurais au fond de mon âme trouvé ça d'une beauté, d'une gaieté qui ne peut se dire; mais non, ce soleil aurait dû, me semblait-il, s'éteindre, se cacher; ces grillons, ces oiseaux auraient dû se taire pour prendre avec moi le deuil de mon cœur...

« Et plus nous allions, plus mon impatience devenait grande; et plus tout ce que je voyais, tout ce que j'entendais me paraissait ennuyeux, fatigant, fâcheux.

« Enfin nous voilà à quelque distance du contour du chemin d'où l'on voit la maison de mon fils; mes yeux se braquent vers la porte, où je pense voir quelqu'un se tenir pour nous annoncer peut-être qu'il n'y a plus rien à faire.

« Oh ! ce regard ! avec quelle force je le lançais, et le tenais arrêté sur cette porte !

« Mais, surprise ! qu'est-ce que je vois? mon garçon qui en nous apercevant lève vivement son chapeau et le secoue en l'air en manière de joie... Il se retourne, il fait un signe dans la maison, et qu'est-ce que je vois encore ? Pierrette, ma petite-fille, oui, elle-même, qui vient toute riante, toute sautillante au-devant de la voiture.

« Alors vous pensez !... vous imaginez la fête qui soudain commence en mon cœur.

« — Est-ce là notre malade ? demande le médecin.

« — Vraiment oui ! » fais-je en riant et en pleurant tout à la fois... Et, dégringolant de la voiture sans attendre l'arrêt du cheval, je cours, je prends l'enfant dans mes bras ; je l'enlève, je la baise mille fois...

« Et tout s'égaye pour moi, tout s'éclaire, tout est en fête.

« Brille, brille, beau soleil !... chante, grillon ; chante, alouette ; le bon Dieu a guéri mon enfant !

« Et je m'agenouille, et je me signe ; et, ôtant mon chapeau : « Seigneur, vous êtes « bon ; Seigneur, vous êtes saint ; mon cœur « est à vous, Seigneur ! »

« Je suis comme un fou ; j'entre, j'embrasse mon fils, et ma femme, et ma bru, puis j'embrasse encore Pierrette...

« La petite gourmande avait tout bonnement fait trop d'honneur aux reines-Claude du verger, et ça ne passait pas, et ça l'étouffait ; mais la nature s'était chargée du médicament, et il n'y paraissait plus.

« Le médecin s'en alla comme il était venu, et moi je me retrouvai avec tous mes bonheurs : l'appétit, les pièces de terre, la santé, et la belle jeunesse de mon enfant !

« Depuis, j'ai bien des fois songé à cette perte de mon bonheur retrouvé.

« J'ai vu une fois de plus de quoi le bonheur est fait; j'ai appris une fois de plus à compter les richesses qu'on a et qu'on oublie trop quand on en a pris l'habitude, et j'ai d'autant gagné à cette épreuve qu'elle m'a montré mieux la valeur de tout ce que j'ai. Aussi ma prière est-elle chaque jour :

« Mon Dieu, laissez-moi ce que vous « m'avez donné; c'est tout ce que je vous de- « mande. »

« Combien de gens pourraient ou devraient n'en avoir pas d'autre! » Ainsi s'exprima le vieux vigneron.

Et j'ai trouvé que Pierre Aubry avait raison de parler ainsi. C'est pourquoi j'ai voulu redire ses propos.

UN MIRACLE

Qui donc a dit que les miracles ne se produisent plus de notre temps?

Écoutez :

Il y a de cela quelques mois, quand la neige blanchissait la terre, derrière ma maison, dans le petit coin que j'appelle mon jardin, il y avait une douzaine de bâtons droits finissant en tête échevelée, quelque chose comme de noirs balais se tenant droits sur leur manche. A les voir mes yeux s'attristaient, et mon cœur se laissait gagner par cette tristesse; car tout cela était image de mort.

Mais voilà qu'un beau jour la neige fondit aux regards du clair soleil, et que bientôt je vis les bâtons noirs se pointiller de vert le long des brindilles de leur tête...; puis ces points verts se changèrent en jolis ailerons dentelés qui s'ouvrirent, et qui tous semblaient avoir été découpés dans le même gracieux moule... et du bout de ces brindilles, si joliment brodées, voilà que partirent des espèces de boules allongées s'effilant par un côté... et ces boules s'ouvrirent à leur tour pour laisser voir de mignonnes corbeilles qui, toutes pleines d'un fin tissu chiffonné couleur d'aurore, répandaient autour d'elles un air embaumé.

Toutefois je savais que dans mon jardin bien clos nul fabricant n'était venu pour enjoliver ainsi, pour parfumer ainsi ces bâtons noirs. Tout avait dû sortir des bâtons eux-mêmes; car, je vous le jure bien, ce n'est pas moi qui me serais trouvé assez habile pour créer ces verts ailerons, ces fraîches corbeilles, et pour y verser d'aussi suaves senteurs...

Mais écoutez encore, écoutez...

Voilà qu'au milieu d'avril j'aperçus deux petits oiseaux, deux innocentes et simples créatures, que j'aurais jugées bien empêchées si elles avaient dû faire la moindre des choses que font nos ouvriers tisserandiers ou brodeurs. Je les vis cherchant par le jardin des brins de paille sèche, des bouts d'herbe fine qu'ils allaient cacher dans la plus touffue d'une de ces masses vertes, qui n'étaient point là au temps des neiges. Ils allaient, ils couraient, ils volaient : on eût dit de braves tâcherons aux ordres d'un maître pressé d'ouvrage.

Ce manège ayant duré pendant quelques jours, j'allai regarder, curieux, dans la touffe verte où ils entraient ; et là, entre deux ou trois brindilles, je vis, posée, une chose mi-ronde et creuse, faite de paille, de mousse, de racines, de crins, de plumes... Tout d'abord, il semblait que ce fût tordu d'ensemble, comme ces poignées de foin ou de paille dont nos paysans se font parfois une *torche* pour porter quelque fardeau sur la tête. Mais, en examinant de plus près, on comprenait que tous ces brins, ces fils, ces crins, ces plumes étaient mis, enlacés, passés, glissés, courbés un à un, avec ordre, avec plan, avec science, par suite enfin d'un art tout particulier, qui ne devait être rien moins que la plus délicate des professions, apprise, Dieu sait où, par ces petits êtres que je croyais ignorants et qui étaient passés maîtres en tissage, en feutrage... A ce point qu'aucun de nos ouvriers ne voudrait, n'oserait, j'en suis sûr, se mesurer avec eux.

Et si donc ces mignons artisans avaient mené à bout ce joli travail; je n'y touchai point.

Quelques jours plus tard, j'allai regarder de nouveau...

Alors, dans ce petit creux si soigneusement arrondi, je vis, posées sur la plume et le crin, quatre petites billes grises tachetées de brun. Tout doucement j'en pris une que je mis entre le soleil et mon œil, et les rayons du soleil semblaient presque passer au travers, comme si elle eût été pleine d'eau claire.

Je la remis où je l'avais prise.

Dès le lendemain, chaque fois que je venais par là, je voyais un des deux oiseaux couché dans le creux duveté, les ailes à demi écartées, la tête mollement rentrée sur le cou, le bec débordant d'une part, la queue de l'autre.

Et quand je passais, l'oiseau me regardait de son doux petit œil noir, comme pour me dire : « Ne viens pas trop près, parce que j'aurais peur, je m'éloignerais; et il ne faut pas que je me lève, que je m'éloigne. »

Je comprenais, je ne venais pas trop près; mais, quand de loin je voyais ce petit être, si coutumier des grandes promenades à tired'aile, s'astreindre à cette longue, longue immobilité, j'admirais le sentiment qui le retenait ainsi, et qui ne pouvait être certainement qu'une sainte passion du cœur.

A vrai dire, pendant que l'un des deux oiseaux restait posé sur les billes tachetées, l'autre, perché aux environs, trouvait dans son mélodieux gosier toutes les chansons les plus douces, les plus gaies, les plus langoureuses, qu'il disait, redisait aussi longtemps que le jour durait. Et, s'il cessait de chanter, ce n'était que pour aller quêter, d'ici delà, quelque ver ou chenille, qu'il venait mettre dans le bec de l'oiseau immobile.

Il en fut ainsi pendant vingt à vingt-cinq jours. Puis, un matin, je revis les deux oiseaux aller et venir ensemble, en prenant toujours pour point d'arrivée l'endroit où l'un des deux s'était immobilisé si longtemps.

Je voulus savoir alors ce qu'étaient devenues les billes tachetées.

Plus de billes tachetées dans le creux, mais quatre oisillons qui n'avaient sur leur petit corps rose que quelques brins de long 'uvet avec de minces filets bleus, indiquant 'ace des plumes de leurs futures ailes. ' touchés du bout du doigt, aussitôt je les vis tous quatre à la fois allonger un cou tremblotant et ouvrir en sifflotant autant de becs ourlés de jaune.

Et comme j'aperçus aux environs les deux premiers oiseaux s'agitant en faisant entendre une suite de cris secs, pressés, je compris qu'ils s'agitaient, qu'ils criaient ainsi par inquiétude, et que c'étaient comme des reproches qu'ils m'adressaient, à moi, qui les gênais, les dérangeais.

Je m'éloignai donc, et ils ne crièrent plus. Et pendant plusieurs semaines je pus voir que tous deux ne semblaient vivre que pour porter aux jeunes oisillons des vers, des chenilles. Ah! comme ils arrivaient joyeux avec ces proies! ah! comme ils entraient heureux et fiers dans le vert massif, et comme, leur fardeau déposé, ils s'envolaient rapides, affairés, pour s'en procurer au plus tôt un autre!

De temps en temps, moi curieux, j'allais furtivement regarder ce que devenaient les quatre petits pensionnaires. Ils grossissaient, leurs plumes s'allongeaient, leurs regards s'avivaient. Un matin j'en vis deux perchés sur le bord du berceau, où les deux autres se prélassaient plus à l'aise; déjà, avec des airs sérieux, ils lissaient du bec leurs plumes nouvelles; déjà une sorte de profond et incertain gazouillement bruissait dans leur petit gosier.

Deux jours plus tard, il y avait six oiseaux voletant de branche en branche sur les arbres des environs.

J'allai voir, le berceau était vide; sans causer aucune inquiétude, sans m'attirer aucun cri de reproche, je pus l'examiner, le toucher.

Voyant qu'on ne me disait rien, je pris, comme devenue inutile, comme abandonnée, la petite chose faite de brins d'herbe, de crins, de plumes, et je l'emportai pour l'admirer à loisir...

Et voilà ce qui s'est passé sur ce coin de terre que j'appelle mon jardin.

Qui donc a dit que les miracles ne se produisent plus de notre temps?

LA PETITE REINE

I

Dans mon village vivait une pauvre jeune femme veuve qu'on appelait la Farlotte, qui était mère d'une petite fille qu'on appelait Georgette.

La Farlotte était pauvre, ai-je dit : c'est très pauvre que je devais dire ; car, outre que la mort de son mari l'avait laissée sans ressources, et chargée de l'entretien d'un enfant, sa chétive santé l'empêchait encore de travailler autant qu'elle l'eût voulu pour tâcher d'avoir raison de la gêne.

Mais, si restreints que fussent ses moyens d'existence, on n'avait pas mémoire cependant que la Farlotte eût jamais réclamé l'assistance de personne.

Tout au plus lui était-il arrivé d'accepter

quelques services qu'on lui avait cordialement offerts, et qu'elle n'aurait pas su refuser sans paraître affecter une fierté déplacée.

Quoi qu'il en fût, telles gens qui allaient par le canton, déguenillés, tendant la main de porte en porte, étaient en réalité moins dénués que la Farlotte, qu'on voyait toujours, ainsi que sa fille, proprement, convenablement vêtue, et qui évitait presque de se plaindre de sa condition, pour qu'on ne pût pas croire qu'elle cherchait à attirer sur elle la pitié.

C'est qu'elle était si industrieusement, si laborieusement économe, la Farlotte ! C'est qu'elle avait tant d'esprit d'ordre ! et surtout c'est qu'elle comprenait si bien que le respect de soi-même doit être la première qualité des pauvres !

Aussi, en dépit de son extrême pauvreté, la Farlotte était-elle généralement estimée à l'égal des personnes riches les plus honorables du pays.

Et, comme chacun jugeait sincèrement digne de sympathie la pauvre femme, chacun en même temps blâmait sévèrement certain vieil avare, oncle maternel de la Farlotte, lequel, possédant de grands biens et vivant seul, n'avait jamais paru s'apercevoir du dénuement de sa nièce.

Si des gens se trouvaient pour remontrer à ce vilain serre-denier qu'il ferait œuvre digne d'éloges en s'occupant un peu de la Farlotte, qui était sa plus proche, pour ne pas dire sa seule parente, et n'avait jamais rien fait ni dit qui fût de nature à l'indisposer contre elle.

« Mon Dieu! — répliquait-il, s'autorisant pour rester insensible du fait méritoire qui aurait dû, au contraire, lui inspirer pour sa nièce le plus affectueux intérêt, — elle n'a besoin de rien, et la preuve, c'est qu'elle ne demande rien. D'ailleurs, regardez-la seulement passer, et dites si sa mise est celle d'une nécessiteuse. »

Ces belles raisons énoncées, l'avare les trouvait, pour sa part, si convaincantes, qu'il lui semblait impossible qu'on ne les acceptât pas sans objection.

On le laissait donc se renfermer dans son triste égoïsme; et, croyant sans doute être agréable à la Farlotte, qui, pensait-on, devait lui en vouloir de sa dureté, on ne manquait pas de le décrier auprès d'elle; mais alors la Farlotte disait doucement à ceux qui parlaient mal de ce mauvais parent :

« Est-ce que mon oncle me doit quelque chose? Non, n'est-ce pas? Eh bien! pourquoi vous étonner qu'il ne me donne rien? Il est riche; il fait de sa richesse l'usage qui lui convient : cela ne regarde personne que lui. Je n'ai aucun droit de me plaindre; je ne me plains pas, et vous m'obligerez en ne prenant pas pour moi le souci que j'évite de prendre moi-même. »

Ainsi s'exprimait l'honnête, la digne, la patiente, la courageuse femme.

Si l'on dit quelquefois, avec raison : « Tel maître, tel valet, » à plus juste titre doit-on pouvoir dire : « Tels parents, tels enfants. » La confirmation de cet adage se trouvait chez la Farlotte.

On comprendrait difficilement, en effet, que la fille d'une pareille mère n'eût pas été douée de quelques bonnes qualités; mais ce n'étaient pas seulement quelques-unes des bonnes qualités de la Farlotte qu'on retrouvait chez la petite Georgette, c'étaient toutes celles qui peuvent rendre une enfant aimable, charmante...; disons plus, disons le grand mot : admirable. — Oui, admirable, car son heureux caractère, ses douces manières, et aussi — la beauté ne gâte jamais rien — les grâces de sa personne avaient valu à la petite Georgette une véritable adoration.

Pour juger par vous-même s'il en pouvait être autrement, figurez-vous une toute mignonne créature, blonde comme un épi mûr, blanche et rose comme une églantine, regardant avec de grands yeux d'un bleu de bluet, babillant d'une voix fine et moelleuse comme le gazouillis du ruisseau; vive comme la bergeronnette qui trottine sous les brebis; joyeuse comme l'alouette qui plane en jetant sa chanson dans le ciel pur; figurez-vous cet être, aussi parfaitement bon, aussi parfaitement doux de cœur que joli de visage, aussi gentil d'esprit que gracieux d'allure et de maintien, n'ayant pour tous que d'avenants propos, que de frais sourires. Regardez-la passer, un jour d'été, par exemple, la belle petite Georgette, vous ne prendrez pas garde, j'en suis sûr, à la très humble simplicité de son costume; vous ne remarquerez pas qu'elle n'a sur le corps qu'une petite robe d'indienne, pas trop neuve, peut-être même rapiécée, mais en réalité proprette et bien arrangée; vous ne verrez pas qu'il est en grosse paille du pays le chapeau qui est posé sur sa tête, ou qui pend derrière ses épaules : peut-être verrez-vous que ses pieds entrent nus dans ses sabots de hêtre noirci, mais ce sera pour remarquer qu'ils sont nets et clairs comme les galets du bord de l'eau; — quant au reste, vous n'aurez pris garde qu'à la ravissante expression de son visage; si elle vous a parlé, le son de sa voix vous aura causé une douce émotion, et les choses qu'elle vous a dites auront été certainement pour vous autant de témoignages d'un droit et facile caractère.

Voyez, regardez, elle trouve sur son chemin la vieille Isabeau qui s'aide pour marcher d'une béquille et d'un bâton, et qui n'en est pas plus alerte pour cela.

« Bonjour, mère Isabeau, voulez-vous vous appuyer sur moi pour franchir ce pas? Oui, mettez votre main sur mon épaule. Là! c'est bien! Ne craignez pas, je suis forte; doucement, mère Isabeau, doucement. Encore un petit élan. Ah! c'est fait! nous y voilà! Adieu, mère Isabeau. »

Plus loin c'est Michel, le meunier, un taquin de la pire espèce, qui veut exercer la patience de la petite :

« Halte-là, mademoiselle Georgette; nous avons besoin d'une meunière au moulin. Il faut venir avec moi. »

Et il lui barre le passage.

« C'est que je n'ai guère le temps. Laissez-moi aller, je vous prie, monsieur Michel.

— Comment ! tu n'as pas le temps ! Comment ! que je te laisse aller ! Ah ! je voudrais bien voir ça, par exemple ! Eh ! vite sur ma voiture ! Une, deux ! Hop ! »

Il l'a prise par-dessous les bras, et posée sur la lourde et poudreuse charrette.

« Eh bien ! en route pour le moulin, » fait résolument Georgette, qui s'installe en souriant sur les sacs.

Aussitôt le meunier change de ton :

« Ainsi tu viendrais tout de même avec moi?

— Pourquoi pas, monsieur Michel, du moment que ça pourrait vous faire plaisir?

— Mais ta mère?

— Oh ! réplique malicieusement Georgette, vous me ramèneriez bien la voir quelquefois.

— Allons, je vois que tu es une bonne fille ; je te prendrai seulement un autre jour.

— Quand vous voudrez, monsieur Michel. »

Le meunier l'embrasse en la remettant à terre, et il la regarde s'en aller en branlant la tête d'une certaine façon qui veut dire : Pas sotte, la petite ; et surtout pas méchante !

Là-bas, c'est un tout jeune enfant qui

pleure. Pourquoi? on n'en sait rien. Mais Georgette court à lui, lui parle, lui sourit, cueille une branche dans la haie, et la lui présente :

« Beau! beau! mignon, mignonnet! Il ne faut pas crier comme ça. Je vais te chanter la chanson du mois de mai :

« Dans mon jardin est un rosier',
« Qui porte rose au mois de mai. »

Ah! ah! je savais bien que ça guérirait ton chagrin. » Voilà l'enfant consolé.

Plus loin, Georgette avise une fillette de son âge, qu'elle accoste en lui mettant un bras sur l'épaule, et en penchant sa tête contre sa tête, pour entamer avec elle un de ces grands petits entretiens qui semblent pleins de mystères. Vous savez : on chuchote, on se regarde étonné, et l'on en dit, et l'on en dit!... et l'on reprend longuement haleine presque sans cesser de parler...

Mais voici des petits garçons qui jouent aux billes.

« Prends garde, dit Georgette à sa compagne, à qui elle fait faire un détour, ne passons pas là, nous dérangerions leur jeu. »

En voilà d'autres qui se querellent, qui

même se prennent au collet. Au risque d'attraper quelques horions, Georgette va bravement se jeter entre eux.

« Ne vous faites pas de mal, je ne veux pas ! »

L'instant d'après, elle les a rendus les meilleurs amis du monde.

Là-bas des petites filles font une ronde, elle y court :

« J'en suis, voulez-vous? »

Et sa voix dominant, raccordant toutes les voix, son entrain donnant l'heureux exemple, la ronde a bientôt une tout autre animation.

Que sais-je encore? Partout enfin, avec tous, pour tous elle savait faire preuve de douceur, de bonté, de prévenance, de belle humeur.

Tant et si bien, et avec une telle constance, que sa douceur, sa bonté, sa prévenance, sa belle humeur, qui ne s'étaient jamais démenties une seule fois, qu'on n'avait jamais trouvées en défaut en aucune circonstance, étaient devenues proverbiales dans le pays.

Pas une mère qui ne désirât avoir un enfant bon comme Georgette, doux comme Georgette ou prévenant comme Georgette.

Pas un enfant, même parmi les meilleurs,

qui n'enviât d'être comparé, fût-ce par un seul point, à la petite Georgette.

Mais nulle mère cependant qui osât se flatter de posséder jamais une enfant aussi généralement accomplie ; nulle enfant qui pensât pouvoir devenir jamais semblable à elle.

Avec ces charmantes qualités, jointes à ses charmants dehors, la petite Georgette était comme une créature unique qui devait rester unique ; et cela semblait si bien démontré pour tous que, d'une commune voix, on l'avait surnommée la petite reine c'est-à-dire, — au moins était-ce ainsi qu'on l'avait entendu, — la plus parfaite, la plus belle des enfants du village ; et, chose remarquable, qui d'ailleurs prouvait par quels doux moyens elle s'était établie, la royauté de Georgette, qui faisait beaucoup d'envieux, ne semblait cependant faire aucun jaloux.

Ce mignon, ce joli nom de petite reine, qui portait avec lui une gracieuse idée de puissance, avait sur les enfants du village le même empire qu'aurait ailleurs le grand et terrible nom de Croquemitaine.

« Si tu n'es pas sage, disait-on au turbulent, à l'insoumis, la petite reine ne voudra pas te parler quand elle passera. »

Et le turbulent, l'insoumis poussait rarement l'audace jusqu'à mépriser cet avertissement.

« Étudie bien, remontrait-on à l'écolier négligent, tu feras plaisir à la petite reine. »

Et l'écolier promettait d'être plus appliqué pour faire plaisir à la petite reine.

« Si tu es méchant, tu feras pleurer la petite reine, » disait-on à l'un.

« Tu es bon, tu es obéissant : la petite reine t'aimera, » disait-on à l'autre.

Encore une fois, que sais-je ?

La petite reine par-ci, la petite reine par-là : toujours la petite reine !

En un mot, Georgette exerçait aussi bien sur tous les cœurs que sur tous les yeux une souveraineté d'autant plus remarquable que la pauvre souveraine, à la robe d'indienne rapiécée, aux pieds nus, fille de la pauvre Farlotte, ne pouvait rien devoir de son prestige à l'appareil de la richesse, ni à la haute position de sa famille.

Et le règne heureux de la petite reine semblait devoir se prolonger longtemps, bien longtemps...

II

Or donc par un beau jour le bruit se répandit dans le village, — et Dieu sait s'il y fut bien accueilli, — que la Farlotte, et par conséquent la petite reine, sa fille, qui jusque-là avaient été pauvres à l'égal des plus pauvres, allaient être désormais riches à l'égal des plus riches.

Le vieil oncle avare venait de mourir, et, comme tous les avares qui ne peuvent supporter l'idée que leur argent bien-aimé doive passer en d'autres mains, il était mort sans faire de testament; en sorte que toute sa fortune revenait de droit à sa nièce.

On fut d'autant plus aise de l'heureuse aubaine échue à la Farlotte et à Georgette qu'il ne semblait pas que ce subit enrichissement, — qui aurait pu tourner fâcheusement la tête à bien d'autres, — dût avoir pour effet de leur inspirer la moindre hauteur. Simples, affables elles étaient auparavant, simples, affables elles parurent vouloir rester; et de même qu'on avait pu les estimer, les aimer, sans prendre garde à leur extrême pauvreté, de même elles parurent ne point prendre garde à leur extrême richesse pour continuer à mériter d'être estimées, aimées.

Il n'y eut guère de changé chez elles que le costume; et encore ce changement était-il, vous le comprenez, de ceux qui, rendant plus saillante la charmante beauté de la petite Georgette, devait ajouter une force nouvelle au prestige dont elle était déjà entourée. Reine déjà quand elle était pauvre, la petite Georgette était donc devenue, en même temps que riche, plus reine encore que jamais; et plus que jamais il y avait lieu de penser qu'elle garderait longtemps, bien longtemps, le beau titre que lui avaient valu les grâces de son cœur et les grâces de sa personne.

III

Pauvre, la Farlotte avait toujours été très sensible aux hommages que chacun rendait à sa fille. Quand elle se vit riche, elle résolut, puisque ses moyens le lui permettaient, de célébrer une sorte de petite, ou plutôt de grande fête, qui serait comme donnée par la petite reine aux enfants du village, qui la reconnaissaient pour telle.

La mère et la fille allèrent donc de maison en maison faire les invitations.

Il va sans dire que toutes les mères furent flattées de l'honneur fait à leurs enfants par la Farlotte, et que tous les enfants se prirent à attendre avec une vive impatience le jour fixé pour la fête de la petite reine.

Ce jour était un beau jeudi d'été; le lieu choisi un beau verger, dont l'herbe avait été fauchée par places, pour pouvoir dresser des tables, et dont les cerisiers, les pruniers, les groseilliers tout chargés de fruits devaient fournir le plus frais dessert à la plus friande collation.

Le violonneux du pays avait été commandé, qui, juché sur une estrade établie sur les mères branches d'un gros arbre, devait faire chanter à son violon toutes les rondes, toutes les chansonnettes enfantines du pays.

Cinq ou six servantes en tabliers blancs étaient chargées de tailler, de servir, de verser les sirops, les limonades, de faire circuler des assiettes de dragées, de biscuits.

Il y avait des jeux de quilles, des balançoires, des balles, des cordes pour sauter.

Dans un coin se tenait une marchande qui vendait pour rien des poupées, des étuis, des ménages aux petites filles; des fifres, des tambours, des billes, des toupies aux petits garçons.

Chaque enfant qui entrait recevait un beau et long ruban, que les petites filles se nouaient en écharpe, que les petits garçons s'attachaient au bras; si bien que, quand tous furent entrés, les yeux étaient éblouis de voir courir, voltiger tous ces rubans par le verger.

Pauvres et riches, invités sans distinction, étaient jolis à plaisir; mais aucun n'effaçait encore la petite reine, qui n'avait d'autre toilette luxueuse cependant qu'une robe blanche et une ceinture bleue; mais elle éprouvait tant de joie en voyant autour d'elle tant de visages joyeux; mais elle était si profondément heureuse en songeant à tout le bonheur que tout ce petit monde lui devait, que jamais ses traits, ses regards n'avaient eu une aussi radieuse animation.

D'ailleurs elle n'avait jamais été plus empressée, plus aimable, plus affectueuse.

Et partout l'on entendait répéter : « Comme elle est belle! comme elle est bonne! Ah! qu'elle est bien nommée la petite reine... Vive la petite reine! le bon Dieu bénisse la petite reine! »

Je doute que jamais aucune véritable

majesté ait excité autour d'elle autant de franche admiration, de sincère enthousiasme, ait ressenti plus vivement le plaisir d'être admirée, acclamée. Georgette était comme enivrée, comme transportée. Elle ne se possédait plus. Elle allait, venait, chantait, dansait, mettait les jeux en train, organisait les rondes, prenait la tête des farandoles, qui au son du violon serpentaient autour des arbres et couraient le long de l'enceinte. On la voyait ici, en un clin d'œil elle était là-bas; puis en un clin d'œil elle était revenue; on l'entendait partout, et toutes les voix faisaient écho à la sienne.

Aussi comme la fête était gaie! comme on s'amusait! comme, nombreux déjà, les convives semblaient être en bien plus grand nombre! Un valait dix. Oh! les clairs éclats de rire! Oh! le sémillant tapage! Oh! le gentil tumulte! Oh! le joli fourmillement!

L'exemple, l'ardeur au plaisir donnaient de l'entrain aux plus engourdis, de l'agilité aux moins alertes. Il n'y avait pas jusqu'à certaine petite Françoise, bossue et bancroche de naissance, qui sautillant sur sa jambe longue, clopant sur sa jambe courte, ne s'évertuât pour prendre activement part à l'ébattement général.

La pauvre infirme, dont nul d'ailleurs ne semblait voir l'infirmité, se trémoussait ravie dans ce grand trémoussement. Le paradis ne lui eût sûrement pas offert de plus entière, de plus délectable joie. On se fût senti pénétré de bonheur rien qu'à comprendre jusqu'à quel point ce petit être disgracié parvenait à oublier sa disgrâce.

Il fallait la voir, par exemple, aux parties de cache-cache, ou de tape, se démenant, se hâtant pour n'être pas prise, ou pour saisir les autres quand elle avait été touchée.

Elle courait, elle sautait, elle roulait : on eût dit d'une marmite cabriolant sur ses pieds tors. Et comme elle riait! comme elle s'écriait!...

Voilà que vers la fin de la journée, et sans doute pour la clore dignement, la petite reine eut l'idée de former une grande *queue leu leu* qu'elle conduisait elle-même, et dans laquelle ne manqua pas de vouloir prendre place la petite Françoise, qui ne doutait plus de sa prestesse, après les preuves qu'elle pensait en avoir données tout le long du jour.

La petite reine, plus animée que jamais, donne le signal.

Voilà la bruyante *queue leu leu* qui commence à s'agiter, à courir, à ondoyer : mais presque aussitôt, crac ! la voilà coupée en deux, et par conséquent désorganisée. La petite Françoise, qui n'a pu être assez ingambe, a bronché, butté, et roulé dans les pieds de quatre ou cinq fillettes qui s'étalent avec elle.

On rit, elle rit, et l'ordre se rétablit; et la *queue leu leu* se remet en mouvement. Mais à peine le branle est-il donné de nouveau, que de nouveau la petite infirme bronche et culbute sur le gazon, et que la partie qui promettait d'aller si bien est encore interrompue.

Et cependant la petite Françoise, qui rit plus fort, se relève, et clopin-clopant se dispose à revenir prendre sa place ; et cependant on semble attendre en riant qu'elle soit réinstallée au rang... Mais une voix se fait entendre qui dit d'un ton d'impérieuse mauvaise humeur :

« Eh ! laissez-la, cette boiteuse qui ne fait qu'empêcher le jeu ! »

Le tonnerre tombant tout à coup au milieu de cette foule joyeuse n'eût pas, je vous assure, produit un plus terrifiant effet que ces paroles, qui en tout autre cas, et sorties d'une tout autre bouche, eussent été certainement à peine remarquées, même par la pauvre enfant qu'elles frappaient d'une humiliante exclusion.

Un triste silence s'établit aussitôt; tous les yeux, exprimant le plus pénible étonnement, se fixent sur celle qui vient de parler, et qui semble elle-même saisie d'une véritable stupéfaction, comme si plus qu'aucun autre des assistants elle était étonnée que de telles paroles lui soient échappées.

Mais des sanglots éclatent; et alors chacun suit du regard la pauvre petite infirme qui, pleurant à chaudes larmes, traînant son pas malingre, gagne l'écart en disant d'une piteuse voix :

« Ah! petite reine! petite reine! est-ce bien toi qui me fais ce chagrin? »

Et, sur ces mots, la petite reine de courir à la petite Françoise, et de crier, en pleurant elle aussi, comme jamais peut-être elle n'a pleuré :

« Oh! pardonne-moi, Françoise, pardonne-moi! Je ne savais pas ce que je disais! Je n'ai pas voulu le dire! J'étais toute au jeu, je ne réfléchissais pas! »

Elle prend dans ses mains les mains de l'infirme, elle les embrasse, elle tombe même à genoux devant elle en répétant avec un accent de véritable désolation :

« Pardonne-moi, Françoise, pardonne-moi ! »

Touchée par d'aussi vives marques de repentir, la petite Françoise la regarde interdite, ébahie...

Mais on vient, on les entoure, on relève Georgette, on lui dit que Françoise ne lui en veut pas, Françoise le lui dit elle-même. On met cet oubli sur le compte du fol entrain, de la joie étourdie.

Bientôt Françoise a embrassé Georgette et Georgette a embrassé Françoise. Elles ne pleurent plus ni l'une ni l'autre; il n'y a plus de rancune chez l'une; l'autre est certaine d'être complètement excusée.

« Ce qui est passé est passé, dit-on, répète-t-on de toute part en se séparant ; — il n'en faut plus parler. C'est oublié, c'est fini... »

Et la fête s'achève, sans que l'événement qui vient de la troubler paraisse laisser aucune impression dans l'esprit de ceux qui en ont été les témoins.

IV

« C'est oublié, c'est fini ; il n'en faut plus parler, » avait-on dit, avait-on répété, et très évidemment de la meilleure foi du monde, en se séparant ; et pourtant le soir, dans toutes les maisons du village, il n'était bruit que du dernier incident de la fête.

Ce qu'on avait oublié, c'étaient les agréables surprises ; ce qui était passé, bien passé, fini, bien fini, c'étaient les joies sans nombre éprouvées ; ce dont on ne parlait guère, c'étaient les friandises, les jouets distribués à profusion, c'était la bonne grâce, l'empressement, la douce et entraînante gaieté de la petite reine pendant la majeure partie de la journée. Mais ce dont on se souvenait fort bien pour en faire l'objet de maint commentaire, pour en tirer d'interminables conséquences, c'était le mouvement de mauvaise humeur de la petite Georgette.

A la vérité on n'abordait guère cette question qu'avec les plus formelles dispositions à l'indulgence ; on ne condamnait pas le fait, on semblait seulement s'étonner qu'il pût avoir eu lieu. On n'en concluait pas à la méchanceté de Georgette, on se demandait, au contraire, comment un cœur aussi bon, aussi généreux avait pu un seul instant faillir à sa bonté, à sa générosité coutumières.

Si même quelques esprits moins charitables, si quelques jaloux empêchés jusque-là par la sympathie universelle de traduire leur jalousie, voulaient voir dans ce fait la preuve que Georgette n'arrivait à paraître aimable qu'en faisant adroitement violence à un mauvais naturel qui cette fois s'était révélé malgré elle, aussitôt mainte voix s'élevait pour réclamer contre cette sévère façon de voir.

Georgette enfin se trouvait partout bien plus chaudement défendue, excusée, qu'accusée, que blâmée. Partout où l'on discutait ce malheureux oubli de son charmant, de son adorable caractère, l'on arrivait à reconnaître d'une commune voix qu'au fond la chose ne valait guère qu'on y prît garde, qu'on la discutât. Chacun, en se rangeant sincèrement à cette clémente opinion, semblait se promettre de ne plus jamais revenir sur une erreur que Georgette avait d'ailleurs aussitôt rachetée, effacée par un franc et prompt mouvement de repentir. Et l'on se séparait en disant encore : « Il n'en faut plus parler. »

Peut-être même n'en parla-t-on plus en effet, mais on en avait parlé : c'était assez, c'était beaucoup trop, hélas ! pour la renommée jusque-là si pure, si belle, si entière de Georgette, — de Georgette, entendez-vous bien, et non plus déjà de la *petite reine;* car il est à remarquer que, du moment où la perfection de son caractère avait pu être mise en cause, on avait instinctivement cessé de donner à la fille de la Farlotte ce gracieux titre qui témoignait de tant de perfections. Et comme l'impression en quelque sorte involontaire du premier jour ne s'effaça que lentement, il arriva qu'à l'époque où l'événement fut réellement oublié, et alors qu'on aurait dû continuer à désigner Georgette par son joli surnom, l'habitude en était perdue.

De l'avis de tous, il y avait encore dans le village une enfant très belle, très bonne, très charitable pour les pauvres gens, qui s'appelait Georgette; mais il n'y avait plus de petite reine.

La Farlotte s'étonnait, s'affligeait que l'honneur qu'on faisait à sa fille au temps où elle était pauvre lui fût refusé alors que, riche, elle usait le mieux possible de la richesse; et comme, par tous les moyens, la mère et la fille tâchaient de faire que l'habitude perdue fût reprise et que tous leurs efforts étaient vains :

« Pourquoi donc n'appelle-t-on plus ma Georgette comme on l'appelait auparavant? s'avisa de dire un jour la Farlotte, non sans laisser voir un douloureux dépit, — se peut-il qu'on ne lui ait pas encore pardonné cette misère, cette vétille que chez toute autre enfant on n'eût qu'à peine relevée?

— Vous vous trompez, Farlotte, — lui répliqua un vieillard qui était comme le patriarche du pays, où ses avis jouissaient d'une sentencieuse autorité, — votre fille est pardonnée, bien pardonnée. Mais rappelez-vous bien qu'on a eu quelque chose à lui pardonner, et ne vous étonnez ni ne vous plaignez de ce qui arrive. Oui, sans doute, on lui a fait une grosse affaire d'une vétille que chez toute autre on eût à peine relevée... Mais pourquoi aussi était-elle la *petite reine*, c'est-à-dire l'enfant qu'on croyait incapable de rien faire qui pût choquer ou déplaire? Elle s'est oubliée un instant... Ah! tant pis pour elle!... il ne fallait pas qu'elle s'oubliât.

« Plus on monte, vous le savez, Farlotte,

et plus la chute devient facile et dangereuse. C'est pourquoi, quand on est haut, bien haut, il faut surtout songer à se bien tenir. Si les honneurs, — j'entends les honneurs véritables, — n'étaient pas si malaisés à mériter, il n'y aurait pas tant de plaisir à les obtenir; mais quand on les a et qu'on veut les conserver, il faut d'autant plus veiller sur soi que ces honneurs sont plus grands. Dans ce monde, rien ne se donne pour rien; tout est le prix de quelque chose : extrêmes honneurs, c'est extrême joie, mais c'est aussi extrême vigilance. Heureux, bien heureux donc, ceux qui peuvent être entièrement vigilants! »

Ainsi parla le vieillard.

Depuis, ah! que de fois j'ai été à même de reconnaître la sagesse de ses paroles!

LA ROSE DE JÉRICHO

I

C'était une veille de Noël. L'âge que j'avais cette année-là, je serais fort embarrassé de le dire. Un souvenir m'est resté bien présent pourtant. Je sais qu'en entrant chez mon condisciple Jeannotet, je heurtai rudement du front l'anneau d'une clef qu'on avait oubliée sur la porte. Front à hauteur de clef : mettons dix ans, ce sera me faire assez bonne mesure.

Jeannotet, dans la journée, m'avait dit : « Viens veiller chez nous ce soir, et tu verras... — Quoi? — Ah! quelque chose... »

Jeannotet avait accompagné ces derniers mots d'un haussement de lèvres, d'un écarquillement d'yeux si pleins de mystérieux sous-entendus que, m'approchant de lui, posant une main sur son épaule et attachant sur le sien mon regard avide.

« Qu'est-ce donc? hein, dis-moi!

— Oh! une bien belle affaire, va! Tu n'as qu'à venir, et tu la verras. »

Il se rengorgeait avec une suprême suffisance.

« Oh! tu sais, je m'en moque de ta belle affaire, si tu ne veux pas la dire. Ça m'est bien égal, après tout, garde-la! »

Et, montrant vivement le dos à Jeannotet, je fis trois pas pour m'éloigner, mais lentement, afin qu'il eût toute facilité de me rappeler.

Bonne politique : il se ravisa en effet. Je me retournai. Il me rejoignit d'un bond, car il brûlait de me conter son histoire, autant que moi de l'entendre. Alors, son bras mis sous le mien, et avec ce chuchotement qui est le bruit particulier révélant l'éclosion des grandes révélations : « Tu sais bien, n'est-ce pas, le pays de Notre-Seigneur Jésus-Christ, là-bas, loin, loin?

— Oui, je sais, la Terre-Sainte.

— C'est ça. Tu sais bien que, quand le petit Jésus était tout poupon, la Vierge Marie allait laver à la fontaine de Jéricho les langes du berceau, de beaux linges bien blancs.

— Naturellement.

— Pour les faire sécher, quand elle les avait lavés, elle les étendait au soleil, sur les rosiers qui poussaient autour de la fontaine.

— Des rosiers?

— Oui. Il y a bien longtemps de ça. Les langes ne sont plus étendus, mais les rosiers fleurissent toujours.

— Vraiment?

— Oh! mais ce ne sont pas des rosiers comme les nôtres.

— Je pense bien.

— Ils portent des fleurs toutes... toutes drôles. Les gens qui passent par là pour aller visiter, en dévotion, le tombeau de Notre-Seigneur, et qui voient ces roses, en prennent quand ils ne sont pas vus. Ils les rapportent; alors imagine-toi..., devine... »

Ici Jeannotet hocha la tête superbement; mais moi, impatienté:

« S'il faut deviner, je m'en vas.

— Oh! je te le donnerais bien en mille d'ailleurs. Figure-toi donc que quand on les garde, bien pliées dans du papier mou, elles sont toutes sèches, toutes resserrées, et elles restent ainsi durant l'année entière; mais quand vient la veille de Noël, qui est le jour de naissance de l'enfant Jésus, comme tu sais, on les met, la tige dans un verre qu'on a rempli d'eau de fontaine en disant un *Ave;* et voilà que, par souvenir de son pays, en l'honneur de Notre-Seigneur, dont la bonne Vierge avait étendu les langes sur les rosiers, la rose commence aussitôt à s'ouvrir, à s'ouvrir... Et elle reste ouverte toute la sainte nuit, après qu'on l'a retirée de l'eau; mais le lendemain elle se referme pour ne plus s'ouvrir que l'an suivant, à la même veille de Noël. Voilà.

— Tiens, tiens!

— Et si tu veux voir ça, tu n'as qu'à venir veiller chez nous ce soir.

— Bah! bien sûr?

— Oui, bien sûr. Ma mère a une de ces roses de Jéricho qu'un pèlerin lui a donnée. Elle l'a dans sa cassette, bien pliée dans du papier mou. Mais ce soir, comme c'est la veille de Noël, on la fera ouvrir.

— A quelle heure?

— A sept heurres.

— C'est bon! »

Et l'important Jeannotet s'en alla recruter quelque autre futur témoin du prodige.

II

A l'heure dite, j'étais là, et en fort nombreuse compagnie. La cassette, habitacle du miraculeux végétal, fut apportée sur la table, autour de laquelle s'était formé un cercle d'yeux écarquillés.

On ouvrit la cassette au milieu d'un grand silence. La mère de famille en tira lentement un paquet allongé, gros à peu près comme une petite main fermée, noué d'un ruban bleu.

Je saurais peindre encore la forme serpentine que prit, quand on la rejeta sur la table, ce ruban qui, en se dénouant, permit l'entrebâillement du papier gris qui servait de première enveloppe.

Au papier gris succédèrent deux grandes feuilles de papier de soie, dont j'entends encore le léger froufrou, et que je vois retomber en nuages onduleux. Enfin le dernier voile fut écarté.

« La voilà ! » fit la mère, qui nous présenta, en la tenant par une sorte de pivot allongé, une touffe de menus branchages emmêlés, contractés, grisâtres et comme poudreux. Cette chose, en réalité, ne rappelait en rien une rose, mais l'étrangeté même de son aspect semblait vraiment lui confirmer le caractère surnaturel qui la rendait l'objet de tant de curiosité.

« Maintenant un verre bien propre. »

Jeannotet prit sur le dressoir le plus brillant gobelet de cristal, qu'on essuya avec une fine serviette.

« Allez le remplir; et surtout n'oubliez pas l'*Ave!* »

Nous sortîmes cinq ou six pour aller à la source, au fond du jardin, alors couvert de neige. Je portais le falot, une grande jeune fille tenait le verre. Nous nous rendîmes à la fontaine, sur laquelle la jeune fille se baissa en murmurant l'oraison obligée; et nous revînmes escortant processionnellement la limpide liqueur qui devait aider à la manifestation du prodige.

Le verre fut posé au milieu de la table, et alors eut lieu la solennelle immersion du pivot qui servait de tige à la fleur mystérieuse.

« A présent il faut attendre un peu, dit la mère; car l'effet, paraît-il, ne se produit pas tout de suite. »

Et l'on attendit, en causant de choses et

d'autres, mais en ne quittant guère des yeux la touffe crispée qui trônait morne au-dessus du gobelet que les rayons de la lampe diapraient de perles étincelantes.

III

Une grande demi-heure se passa sans qu'aucun changement appréciable pût être remarqué, et déjà la discussion s'engageait, où certains, qui osaient révoquer en doute le prétendu phénomène, se raillant eux-mêmes d'avoir pu ajouter foi à de pareilles assertions, étaient vivement rabroués par ceux qui mettaient l'insuccès de l'expérience au compte de quelques inobservations des formalités à suivre, quand soudain : « Oh ! regardez ! m'écriai-je, regardez, elle a bougé ! elle a bougé ! »

Accoudé depuis quelques minutes sur la table, le menton dans mes mains, et les yeux fixés sur la rose, je venais de surprendre une sorte de brusque mouvement de distension opéré par deux des petits rameaux gris qui, d'abord étroitement enchevêtrés l'un dans l'autre, venaient de se séparer d'eux-mêmes.

« Voyez, là, là! » Et je montrais, sans y toucher, les brindilles qui avaient changé de position.

Au même instant, et comme j'avais appelé tous les regards sur la touffe, quelque chose d'analogue se produisit pour d'autres rameaux.

« Mais oui! Tiens! c'est vrai!... Oh! regardons. Est-ce curieux! Un vrai miracle, quoi! »

Les voix étaient émues; et c'était plus que de la surprise qui se peignait sur les visages.

Tout entretien cessant, il y eut bientôt un cercle compact autour de la grande table ronde; et pendant au moins une grande heure on n'entendit plus qu'une suite d'exclamations admiratives traduisant les phases graduelles du phénomène, qui se réalisait avec une sorte de grave et imposante lenteur.

Au bout d'une heure, en effet, toute contraction ayant disparu, la touffe recroquevillée s'était élargie, épanouie; l'espace s'était fait entre les ramilles alors divergentes.

Ce n'était rien moins encore qu'une rose fraîche ou desséchée : ce n'était plus la masse confuse que nous avions vue tout d'abord.

En somme, il y avait prodige, il y avait

miracle. Et Dieu sait si l'on s'ébahissait, si l'on dissertait à perte de raisonnement sur l'étrange intuition dont le ciel avait doué cet humble végétal, comme pour glorifier les saints, les divins mystères.

IV

Ici le souvenir de la transition n'est plus pour moi bien précis, ce que je m'explique par l'absorption de mon jeune esprit en de difficiles pensées. Toujours est-il que ma mémoire retrouve tout à coup l'image d'un homme de haute taille qui portait l'habit sacerdotal et dont la voix vibrait grave et pénétrante.

Il avait parlé : nous nous étions à peu près tous retournés vers lui. Et si je n'ai pas retenu ses propres paroles, au moins n'en ai-je jamais oublié le sens.

« Miracle, dites-vous, mes enfants? Je ne voudrais pas vous blâmer d'avoir eu la foi, puisque tout est faisable à Dieu; puisqu'il peut demander témoignage de sa grandeur au brin d'herbe des champs, comme aux astres du firmament.

« Il y a miracle, en effet...; mais non le miracle que vous pensez. Miracle plus beau, plus touchant peut-être encore que celui qui vous cause tant d'étonnement; miracle de tendresse, de prévoyance maternelle, que l'auteur de toute tendresse, de toute prévoyance a voulu que cette petite plante accomplît après sa mort; car elle est morte, bien morte, voyez-vous, cette plante, et non cette fleur, comme vous l'appelez. »

Le prêtre avança la main et enleva la rose de Jéricho : « Il n'y a là ni rose ni rosier, continua-t-il : ce que vous prenez pour une tige est une racine : cet ensemble de brindilles que vous prenez pour les pétales singuliers d'une fleur singulière sont les rameaux d'une chétive plante qui trouve sa maigre existence dans les sables arides d'Arabie ou de Judée.

« Elle est la proche parente de cette giroflée qui vit dans les fentes de nos vieux murs, de cette ravenelle qui au printemps brode de jaune le tapis vert de nos blés, et de cette *bourse-à-pasteur* qui toute l'année dresse ses petites fleurs blanches et ses petites gousses en cœur le long de nos chemins... Voyez, au bout de chaque rameau, voilà autant de chapelets de menues gousses à deux cornes. Si je presse fortement sur l'une de ces gousses, — il en écrasa une, non sans peine, entre ses ongles, — j'en fais sortir deux ou trois petites graines brunes. Voyez.

« Eh bien! c'est à l'avenir de ces graines que le Créateur a pensé, et c'est pour elles qu'a lieu le miracle.

« La plante naît à la saison nouvelle, elle grandit, elle fleurit; oh! une floraison sans le moindre luxe, à peu près comme notre *bourse-à-pasteur;* quatre courts pétales blancs, puis la gousse se forme..., puis le soleil dessèche la petite plante sur le sol desséché..., et les vents passent, qui la déracinent, qui la roulent de sables brûlants en sables brûlants...

« Si alors les gousses s'étaient ouvertes, si les graines s'étaient répandues, éparpillées, qu'en adviendrait-il, perdues qu'elles seraient dans ces plaines embrasées, dont elles doivent former à peu près la seule végétation?

« Mais point : la gousse, très épaisse, très résistante, reste fermée; et la plante, en se desséchant, se resserre, se contracte d'autant plus que la chaleur est plus grande. Et le souffle torride la pousse, la roule du nord au midi, du midi au nord.

« Bien repliée sur elle-même, cachant, enveloppant, dérobant sa chère, sa fragile descendance, la voyez-vous passer, cette mère en qui la mort a laissé vivre ce suprême sentiment de protection?

« Elle va, elle va. — Enfin elle s'arrête. — Où donc? — Dans quelque pli du sol que suit un filet d'eau, dans un creux resté humide : ou bien encore c'est que la saison pluvieuse est venue.

« Elle s'arrête. Alors se produit ce que vous venez de voir, et qui se fût produit bien mieux si vous eussiez mouillé la plante tout entière.

« De l'eau, de l'humidité : c'est le lieu, c'est le moment propice pour que la mère confie enfin à la terre, qui en fera autant de plantes nouvelles, ces graines, ces trésors jusque-là si bien gardés, si jalousement protégés.

« Les bras s'ouvrent, les gousses s'amollissent, les graines sortent; la terre les reçoit, et... le miracle de protection maternelle est accompli... »

Ainsi parla le prêtre.

V

Dans un coin du Prater viennois, lors de la dernière exposition universelle, de pauvres Bethléhémites offraient en vente de ces prétendues *roses de Jéricho*.

J'en ai rapporté une; elle est là devant moi pendant que je trace ces lignes. Je la regarde; et bien qu'elle ne soit plus pour moi la fleur légendaire dont parlait Jeannotet, mes yeux ne s'arrêtent pas sur elle avec moins de vénération que le soir où je croyais encore voir se réaliser le prodige que m'avait annoncé mon petit camarade.

FIN

TABLE

15809. — Tours, Impr. Mame.

www.ingramcontent.com/pod-product-compliance
Lightning Source LLC
LaVergne TN
LVHW010035230826
846091LV00005B/1716